빠마 시인선 01

유리 광장에서

유리 광장에서

윤은성 시집

엄마에게.

이 시집은 왼쪽정렬 되어 있으며, 들여쓰기가 아닌 내어쓰기 방식으로
    편집 디자인이 되어 있습니다. (한 행의 길이가 길어 줄이 바뀌는 경우,
    이어지는 줄이 첫 줄보다 본문 안쪽으로 들어가 있습니다.)

물을 쥐었다가
웅성거림으로 가득찬
손이 되었다.

차 례

3부
개관일

1부

물 긷는 아이들이 지나가

생일 세계 공원*

둘은 계속 걸었다.
서로에게 이전에는 불러보지 않았던
새로운 이름을 자꾸만 붙여주면서.

한 번도 가보지 못한 도시의 이름을 번갈아 나열하다가
그게 돌아갈 길을 결코 잊어버리게 하는 건 아니라서

노르웨이, 스위스, 진주, 인어공주
달콤한 이름들을 끊임없이 모으고.

모을 게 아직도 남았다고 지치기도 하면서.

지구가 참 커.
우리도 참 크고.
너는 참 크고 한 눈에 보이질 않네.

이제 돌아갈까? 따뜻한 물로 씻을 수 있다면
거기가 우리들의 집이 아니어도 될 텐데.
걷는 동안 나는 오늘 노르웨이 사람이고, 너는 사우나의
　　　　신**이야.

어디든 찾아줄래?

말하며 또 걸었다.

손을 잡고 또 때론 놓으면서 가지 못할 곳이 없었다.

작은 사람과 작은 신***이 걸어가고 있었다.

전부 다 줄까? 둘 중 한 명이 말했고

생일에는 돌아가자. 또 다른 한 명이 말했다.

*   이 시는 김지현 작가의 개인전 〈느슨한 태도로〉 연계 워크숍 〈시로-서로-
       엽서〉(희음 진행)에 참여해, 다른 참가자의 문장을 증여받아 쓴 시다.

**   위 워크숍에서 손유미 시인이 증여해준 문장을 변형함.

***   위 워크숍에서 손유미 시인이 증여해준 문장을 변형함.

화답

간밤엔 다시
노래를 불러봤습니다
한동안
목소리가 나오지 않았지요
거리에 일찍부터 나섰다가
친구들을 만나지 못한 채
혼자 되돌아왔거든요
그래도 서울역에서는
크리스마스라서
예배가 한창이었습니다

동료를 거기서 만났어요
우리는 회색 플라스틱 의자에 앉아서
예배를 드렸습니다
잘 지냈냐는 인사를 건네지 않았지만
반가워서 눈물이 날 것 같다고도
고백하지 않았지만

갈 곳이 없단 말을
머리 둘 곳 없단 말을
소리 내어 나누지 않았지만

돌아갈 곳이 없는 마음이
태어난 곳과는 이제 너무 멀어진 마음이
빠르게 나를
떠나는 고양이가
고쳐지지 않는 구옥 지붕이
무너지는 동네가
먼 별처럼 작은
잘 곳이

어둡고 추워서
거리에 많아서

크리스마스라는 걸
잘 알 수 있었습니다

초대해주는 마음이 붉은 전등처럼
언 손으로 흔들며 멀어지는 인사처럼 설렜고요
이미 목이 잠긴 나는 그때부터 지금까지
새로운 노래를 만들어 부르지 못했어요
이전의 내 노래들은
부를수록 마음속 미움이 살아나서
누구에게도 선물을

할 수가 없었고요

너무 이른 선물이라
너무 늦게 알아차리게 되면
겨울이 정말 길었다고
길었다고만 나누어도
반가울 테지요

물 긷는 아이들이 지나가

선언문 초고를 시작도 하지 못한 채 저녁이 왔어.

잠깐 눈을 붙였는데 다시 희뿌연 도시가 보이더라.
울다가 깨지는 않았어.

몇 번 몸을 뒤척이다가 고양이가 침대로 뛰어 올라왔지.
너도 자다가 겁을 먹었구나, 하며
쓰다듬어.

정말이지 울진 않지.
나는 눈물이 줄었거든.

이따금 다시 방문할 수 없는 여행지들을 생각해.
그간 나는 채식에 잘 성공하지는 못했고

불면을 설명하지 못한 채
다시 저녁을 맞곤 하고

아껴서 음식을 조리해.
이번엔 다 먹은 뒤에야 감사기도를 할 거야.

일용하다는 말을

20

나는 좋아해.

어느 때보다도.

✳

슬픔에 빠진 적 있는 아가씨는

시간을 긁어 모두 도시에 남겨둔 채

썩히게 될 걸 모르고서 야채를 기르고

먹게 될 사람이 없다는 걸 뒤늦게 알 테지만

조용히 곡식을 수확해.

절반은 흘릴 걸 알면서

어린 소녀와 소년들은 물을 긷기 위해 먼 길을 다녀와.

상심을 아낀 채로

남은 가족에게로 돌아가.

가져가지 못해서 목수들은 커다란 책장은 만들지 않지만

톱날을 갈고 주문서를 확인하고

작고 안전한 가구를 만들어.

버려도 아깝지 않을 만큼

사소한 것을 만들어.

남안

거기서 나의 할머니를 봤어.
미싱을 돌리고 계시더라, 손녀의 원피스를
고치고 계시더라.

내가 잃은 게 젊음이나 사랑, 우정 같은 거였나?
이끼와 고양이, 큰 개, 아껴둔 옷, 편지들.
다시 돌아간다면 얼굴을 그저 만지려나.

나는 살아 있고 모르는 게 많은데.
서늘한 바람이 불고 나는 길에 그냥 앉아봐.
나는 고향에서 살지 않고
그건 나와 할머니의 비슷한 점이지만

같다고 할 수 없지.
같다고 할 수 없네.

망설이며 말을 고르고 옷을 깁는 게 무엇 때문일까.
너무 멀었냐고 얼마나 어둡냐고
묻지 못하고 말았네.

자두나무 환하고 푸릇하고
누구도 깨우지 못하는 깊고 밝은 잠에서

할머니, 나의
옷을 걷는 일은
잊어도 이제 괜찮은데.

바늘귀 안을 들여다볼 때는
크고 무서운 마음이 잠깐씩 깊어진다.

너무 길거나
짧아서
외롭지 않았어?

할머니도 나를 봤어?
할머니는
많은 빛 속에서 길을 착각하지 않고 있어?

다니러 가보지 못했던 땅에서는
새로운 강아지와 언니들을 모두 다 알아봤어?

언덕 위에서 총성 없이
쉬고 있어?

스태프

나무를 촬영하는 사람을 촬영해봤습니다
늦은 오후였고요
나무 뒤에 또 나무가 있었고요
그 옆으로 두 사람이 지나가고 있었습니다*
숲을 향해 걸어가고 있었습니다

이후로 나는 줄곧
깊은 풀 냄새를 맡았고
나무들의 소리를 들었습니다
나무를 촬영하는 사람이 알려준 것이었습니다

아이가 잎이 달린 가지를 쥐고 내려오고
할아버지가 내려오고
할아버지가 잃은 가족들과
새들이 내려오고

서로 작별 인사를 해요

믿지 않았었는데요
한동안 숲에서 내려오는 소리가 너무 많아
햇볕이 너무 좋아
내가 누구였는지 잊어버릴 뻔했습니다

그들은 서로에게 서로가 있군요
아이는 커가는군요
닭이 된 병아리가
아이를 오래오래 지켜보는군요

저녁에
나무를 촬영하는 사람도 돌아가고
나는 내 카메라 속에 남겨진 하루를 들여다보다가
내게서 떠난 아이도
내게로 돌아온 나도
촬영을 하다가 사람과 나무와 강물을
가만히 바라보는 사람도
나무 틈에서
나무처럼, 나무가 잠시 되어서

곁에
서 있어보는 것이었습니다

우재

돌아가지지 않아.

매일 돌아오는데도.

깨진 조개껍데기, 병뚜껑, 진흙에 박힌 깃털.
가서 줍기도 하는 게 언제나 같지는 않아.

자다가 숨이 쉬어지지 않을까 봐 무서웠어.
죽음이 무섭다는 뜻은 아냐, 지금은.

내가 동쪽으로 멀어졌거나
여름에 되돌아와 다시 서쪽으로 멀어지는 동안

다시
돌아오지 않는 동안

노래도 하지 않은 채로 한동안을 보내고
내 목소리는 점점 쉬어갔어.

우리가 걸은 그 모든 거리를
어떻게 측량할까.

각자가 남긴 기록에 깃든 날씨들을
어떻게 다 떠올릴까.

대조하고 맞춰보며 우리가 놓친 또 다른 많은 빛에
감사하게 될까?

이제 내 기록엔
내가 너를 떠올리지 않는 채로 밥을 먹고 사람들을 만나고
광장에 누워서 볕을 쬐고
파업에 참가하는

일들이 적혔어.

가진 돈을 모두 지불했지, 시간을 사려고.
네가 스쳐 지나갈 때 알아볼 수 없을까 봐.

돌아가고 싶다고 생각했어.
절대 돌아가지 않겠다고도 생각했고.

이제 나의 하루치 기록들엔
너 없이 오직 다짐들과 시간들뿐이네.

광장에서 멀어져 먹을 것을 사고
오르막길을 오르다
잠시 몸을 돌려.

여긴 이미 많은 이민자가 배낭을 메고 지나갔고
빗물 속 쓰레기와 고양이들이 남아 있어.

돌아갈 길을 찾던 여인들이
나의 고향에서 아기를 낳을 때

어떤 사실들은 기록되지 않거나
유실에 처하고

화형의 장면과 별을 착각하는 어리석음,
야비한 표정이 거리에 반복돼.

오늘은 비가 예정에 없이 쏟아져서
외투를 걸치고서 사람들이 뛰어가.

네가 지나갈까 봐
바라보다 들어왔어.

몬순

아주 복잡하진 않을 거야.
어쩌면 그리 많은 힘이 필요한 일은 아닐지도 모르고.

내 사랑은 아주 작으니까.
그러니까 나는, 나를 잘 지키려고 해.
딱 그만큼만으로도 숨을 쉴 수 있고
내가 쬐는 햇볕은 그 자리 그대로 남겨두고 떠날 수도 있어.
나는 쉴 수 있고, 또 나는 움직여.
무엇을 위한 것이라고 설명할 수 있는 말은 내내 찾지 못했어.
내가 앓는 마음이 PTSD인지 pre-PTSD인지 나는 진단하지도
　　　못하겠어.
들려오는 말이 없을 땐 그냥 귀를 열어놓은 채 잠에 빠져.
매일 그래. 나도 모르는 사이에 귀가 열린 채 깨어나지.
매일 밤 나도 모르는 내가 창밖을 바라봐.
멀리 다녀오기도 해.
그럼 또 기다리는 거지.
소식이 계속 있어.
그게 올리브 잎 같은 건 아냐.
내가 듣고 싶은 말도 아냐.

어쩌면 더 두려운 것. 어쩌면 뜻밖에 안전한 것.
어쩌면 지키지 못했던 너무 큰 사랑 같은 것.

멀리서 영혼과 놀다가

마른 짚은 소에게 주거나 불쏘시개로 썼다
어떤 아이들은 낮잠을 잤다

거기에서 나오지 않고도 살 수 있을 것 같았다

풀과 햇볕과 이끼 자라는 담장
말랐다가 다시 젖는 피부

아이가 어른을 따라다니는 게
닮아주려고

같이 껴안고 쉬자고

자주 아이들이
햇볕과 비와 비탈의 아이들이 모여 다녔다

사라질 것 같아서
숨을 길게 들이켰다

지푸라기 냄새를 맡아본 적 있다
잠을 불러오는
숨어서 쬐는 햇볕

거기서 나오려는
멀리 가서 돌아오지 않으려는
슬픔을 덮고 다니는 귀신 같은 애도 있고

마르지 않는
상해가는 풀 냄새도 알았다

손을 씻고 잊었다

스스로 버스를 타거나 먼 나라로 떠났다가
자신도 모르는 곳에서 구부려 눈을 뜨곤 하고

특별히
기억에 남지 않아서 누구라도
쉽게 눕고 잠드는

장면들이 있었다

네가 건네는 초대장에
초대가 가득했다

핸드헬드

제때 도착하지 않아도 매를 맞지 않고
퍼붓는 욕을 듣지는 않는다.

여기는 매끈하다.

해고라는 말을 더는 쓰지 않고도
직장을 잃게 된다.

정해진 피사체 없이도
찍으면 거기서부터 우리는
모든 걸 잃고도 모든 걸 다 지켜버린
이상한 기분인데

우리가 입은 옷은 얇고 속이 훤히 비치며
때로는 서로의 임금님이 되어 함께 속아준다.
금세 젖어버릴 옷을 입고
젖은 채 책과 꽃을 팔고
로고와 다정함을 팔고

기계들 앞에 앉는다.

젖은 채 일하고 다시 산다.

옷을 만들고 입고 버리고 주워 가고

이웃에게 인사하고
이웃에게서 도망친다.

언니의 어깨가 마침내 들썩인다.

여긴 이미 이상하고 모두가 이상해서
비슷해져버린 눈빛들.

빛이 많아 모두 귀신처럼 찍힌다.

이 흔들림이 모두 기록되고 있다는 게
사실이라고 믿으면 안전한 기분이 들었다.

당신은 카메라를 들고 사라진 집을 향해 순진하게 뛰어갔다.

여기가 끝이 아니라는 걸
이제 나는 포옹이 없이는 알 수가 없게 되었다.

가슴을 만져봐도 되냐고 언니에게 나는
조금은 순진하게 용기 내어 물었다.

우산을 쓰고 묻는다

제습기. 고양이. 손가락을 움직일 때 출렁이는 작은 빛.
　　　물병을 들어 올린다. 처음으로 돌아가는 것의 유효성.
손.

빨래가 볕 없이 마르고 있다. 지워지지 않는, 푸르스름한
고양이.

선량과 흐린 날의 기준에 동의하지 못한 채 순응한 적 있단
　　　듯이 고개를 조금 갸웃하는 우리의 대부분의 시간 동안
푸르스름하다.

믿음에 대하여 누군가는 말하고, 누군가는 푸르스름한
　　　물빛으로 찰랑이다 사라지고, 다시 믿음은
믿음은 어디로든 보내져야 한다고, 고양이가

담장이. 던져 올린 플라스틱 물병의 가벼운 포물선이. 작게
　　　드리웠다 사라지는 그림자들의 움직임이.
입술처럼 천천히 옮겨가고 있었다.

나는 만지고 있다.
손가락을. 손마디를. 네 얼굴에 드리워지는 풀의 무성한
　　　숨죽임을.

우리가 입 밖으로 꺼냈던 모든 말이
영원을 전제한 것은 아니었다고 해도. 숨과 공기. 한 박자
    빠르거나 늦게 오는. 고양이가 제 털들을 토해내고도
    다시 제 몸을 핥는 순서.

목이 타고 다만 목이 아려 온통 별이 태어나고 사라지듯이
    탄다. 매 순간은 언제까지가 상한선의 시간인가.

이전과 같지 않다고 해서 얼굴에 빗금이 쳐지는 것은 아니라는
    부기(付記)를 얻곤 한다.
매일 낯선 저녁을 보내고
적으러 가지 못할 때.

그러다 구름이 더 모이면
잠깐은 우리인가 하면서.

오랜 결합의 방식과 각자의 손들이 놓여 있는 모양을 짧은 잠의
    순간처럼 기억하고 묻는다.
머무는 것과
돌아오지 않는 것 중 무엇이 조금 더
삶에 가까운가.

2부

박하사탕을 물고 가는
기다란 구름을 봤고

유리 광장에서

기억하니
우리는 음악과 지구과학*을 같은 날 배우고
함께
옥상에 올랐잖아

구름 사이로 빛이 보이면 무언가 알아챈** 것만 같은
기분도 들고
소나 강아지의 이마를 만지는 것 같은
부드러운
떠가는 시간을 촘촘히 알 것 같았잖아

이게 다 무슨 소용일까 하면서
엎드려 울기밖에 할 수 없더라도
시간에 맞추어 책상에 앉아 이어폰을 나눠 끼었잖아

그때도 이걸 알았던 기분이야
내가 사는 도시에선 자주 광장으로 사람이 모이고 흩어져
계속 말하려고 하는데 어쩐지
여기에서 외치는 기도가 멀리까지 가닿지 못하는 기분도 들고

우리는 함께 흘러가는 구름을 보고 노래를 들으면서도
날아가지 못했어

날개 같은 게 쉽게 얻어지지 않는단 걸 확인해
대신
그때 우리가 느꼈던 건 옥상에 있어도
잠겨가는 기분

또 때론
빼곡한 책상에 엎드렸던 아이들이
목말라 창밖으로 나가려고 유리를 두드리는 장면

그때도 그걸 느꼈다면
여기서 이제 우리는 무엇을 더 느끼고
어떤 희망을 적으며 한 해를 마감하고 나이를 더 먹어야 해?

내 목소리가 지상에서
또 지하에서 잠시 울리고 사라져

우리가 붙들고 모이는 게
미래를 등지고 선 사람들이 몸을 되돌려보려고
보이지 않는 선으로 연결된
조용한 기도라고 하자

유리와 안개를 동시에 깨뜨리고

밖에서 안으로 집어넣는
손들을 알아채려 잠시 모였다고 하자

둑과 빛과 물의 시

작은 사람이 큰 사람을 따라다니곤 할 때
그러다 매를 맞거나 너무 큰 사랑을 받곤 할 때

젖은 채 서 있지 말라는 말과
함께 있자는 말을
울음으로밖에 할 수 없던 아이들이 있었고

아이들은 자라서
일을 하고 가정을 꾸리기 시작했어

다정한 걸 찾아 자꾸
강해지는 방법밖에 모르게 된
우리가 있더라

빛과 물
머리에 고깔

자주 햇볕과 비와 비탈 속
우리는
저수지로 몰려가 머물렀지
서로를 정말 안전하게 웃게 해주자고
녹아가는 동토에서 마지막으로 산책하는 강아지가 있다면

무슨 생각을 하면서 사람을 바라볼지
바라보지 않을지

궁금해하자고

하지만 이건 내가 만들어낸 이야기
사라질 것 같으면 돌을 물에 던지듯 이야기를 만들었다
이야기 곧
사라질 이야기들

우리는
해마다 겨울이 끝날 즈음
교문에 플래카드가 붙는 학교에 다녔고

학교는 아직 있어
다정함을 배우는 방법이 무섭다

*

물고기는 물 밖에서 죽지만
많은 물에서도 죽고
고인 물에서도 죽고

안전한 물에서도 바늘을 먹고 죽고
버둥거리다가 죽거나
여러 철 농약에도 죽어

＊

우리가 슬픔을 얼굴에 눌러 붙인 물고기들이었을 때
사람이 되고 싶어서 사람을 먹는다는 여우의 이야기를 읽었지
사람이 만든 이야기

하지만 여우의 마음도 꼬리들의 움직임도
모두 슬픈 마음으로 말을 걸어 오는 거였다고
그렇게 생각하면
여우가 들려준 이야기를 사람이 틀리게 가지고서
돌아오게 된 거라 생각하면

자유롭게
물고기도 자유롭게
물에서 살다가 자신의 속도로
모두와 멀어지는 게
가능할 것도 같아

우리는 마르지 않는 짚 냄새도 알았지
점점 상해가는 음식 냄새 같은 것
우리에게선 어떤 냄새가 나게 될까

우린 고기인데

그 학교는 아직 있어
저수지가 말랐다가 또다시 범람하는 동안에도

✻

아이를 기르는 친구가
지어진 지 얼마 안 된 신혼집을 내놓았다고 했다
언제 무너져도
이상치 않은 매물이라 했다

내가
지붕이 부서진 구옥 가장 아랫집에서 살 때
친구가 보고 싶었는데

가기가 어려웠다

저녁이 지나는 게 긴 우기 같았고
물이 벽을 타고 아래층으로 모였다

잠에서 깨어나면
또 다른 소식이 새로 많이 생겼다

*

서로에게 조금 먼 곳에서
부서진 빛을 빠르게 되비춰준다

언제까지 더 자라야 할지 몰라서
빛이 되기로 했기 때문이다

너무 크거나 작아서
발견되지 않는 죽음들이
빠르게 깜빡거렸다

남안

돌의 아이들은 지혜롭다는 말을 듣고 자랐어
바람의 아이들은 기쁨을 알고 변화하는 손의 모양들을 알아
물의 아이들은 어깨를 씻겨주지
이끼를 우산 모양으로 자라게 하고

목이 마르다고 하면 서로를 향해서 몸을 움직여

제비가 돌아오면
돌들이 한꺼번에 얼굴을 벌린 채 하늘을 바라봐

바람을 받아내고 전기를 만드는 아이들이
작물에게로 돌아갔네 청혼을 하고
손을 물처럼 끌어당기며 사네

변색된 몸으로

아 하고 우네 지혜와 슬픔을 한꺼번에 얻은
언덕 위의 아이들이

영혼을 찾아다니다가*

노래를 부르며 널빤지 위를 걸었어
걷는 동안 머릿속은 온통 초록이었지

자다가 깨어난 게 비 갠 오후라면
그저 내 키보다 높은
담장을 기어오르다가
이렇게 말하게 될지도 몰라

박하사탕을 물고 가는 기다란 구름을 봤고

날아가는 놀이를 했다고
새들이 움직이고 있었다고

이렇게 시작하곤 돌아오지 않으려 안간힘을 쓰기도 해

한참 놀다가 들어왔어
그것뿐이야 나는 새가 되지 않았고
총상을 입지도 않았어

담장에 걸린 옷가지는 버리는 게 좋았을까?
잠자는 아이는
깨우지 말았어야 나았을까?

겨누어보다가도
웃음이 나오면 영혼처럼 털어냈다

같이 돌아가자
손잡으면

초록의 새가 떨어질 때 맡았던
물이 묻고 녹이 슨 농기구 냄새와 비슷했다

*　『9+i』참여 작품.

마음 닫기

간절한 마음이 사라진 것 같아.

더 멀리 갈 시간이 남았을까?

난 이제 내 상자를

모두 열어 보여주지 않을 생각인데

내게 쉽게 왔다가 떠나는 지빠귀에게

지금은 해줄 수 있는 말을 찾기가 어려운데

가장 많은 대화를 나누었던 각자의

바닥을 콕콕 두드리는 시간들이

조금씩 다른 모양으로 바뀌고

지금도 각자가 바닥을 향할 때

옳은 바닥도 있다는 건 나와 나의

일.

옆으로 몇 걸음 옮겨가는 게 어려운 일은 아냐.

지금의 나는 누구와도 쉽게 동질감을 느끼지 못하는 것 같아.

무지개를 여전히 함께 볼 수 있어.

가볍고 친절한 마음의 옆집 소년들, 소녀들이 그러듯이.

얼굴을 알아보도록 허락해줄 때

그렇게 믿을 때의 마을의 담장과 보호수들.

아름답다.

잠든 새가 있으므로 주의를 요한다고

상자의 겉면에 붙일 거고

그 뜻은 당분간의 내가

조금 멀리서만 기도할 수 있는 사람이 되었다는 거야.

실용적인 유원지

유원지에 가자. 차에 시동을 켜고. 차는 찌그러진 보닛을
      고치지 못하고 내버려둔 것.
낮잠에서 깨어나면.
다행이지. 우리에게 아직 한낮이 남아 있어.

우리 천천히 유원지에 갈까.
집에서 유원지까지는 생각보다 멀지 않고. 어디든 생각보다
      멀지 않고. 시내를 우회하는 도로에서는 아무 생각도
      하지 않을 수도 있다.

압정들 위의 꿈에서 더 구르지 못하는 개야.
너도 산책이 필요하니.

새와 벤치. 사람이 막 일어서고 난 흐트러진 의자와 야외
      테이블. 잠시 앉아도 될 것 같고, 너를 불러도 될 것 같지.
      네가 오지 않아도
영원히 오지 않아도 될 것 같지.
사라지는 낮이 또 다른 낮으로 되돌아올 것이겠지.

나는 유원지에 적응을 한 것일까?

유원지는 크다. 자신의 마음을 넣어둔 채 찾아가지 않은 무덤.

뭐든지 즐거워진 사람들을 스쳐.
토끼풀이 같이 자란 잔디밭 위에서 연인과 친구들은 오늘을
　　　　기념할 것이다.

오고가던 셔틀콕이 떨어져서
자주 떨어지는 만큼 집에
가야할 때도 되어가서

재미있었다고
오늘 정말로 재미있었다고
볕이 좋고 시간이 우리의 것이었다고
라켓을 휘두르며 사람들이 말할 때

유원지의 크기를 가늠해보느라 모두들 잠깐 골똘해져.
지금 찾을 수 없는 것을 언젠가 찾을 수 있을 것이라고
희망하는 내색에 희망 없는 내색도
감추지 않으면서.

호수를 보는 방향으로 풀밭에 앉아도 좋겠지. 호수 위에서
　　　천천히 움직이는 하얗고 다리가 긴 새. 새가 푸드덕거릴
　　　때 깊은 물이 조금은 흔들렸을까?

해가 지려고 해. 지는 해를 얼마나 더 친구처럼 여기면서
　　스스로를 위한 안부를 던지고 또 던질까?
조금 더 앉아 있다.
유원지에 가자고, 가서 지는 해를 질릴 만큼 보자고
잠든 나에게 조용히 말하면서.

남은 웨하스 저녁

하우스. 쌓인 눈이 텅텅 미끄러져 내려오는 비닐. 사람이
　　　지나치는. 교회에서 기도하고. 돌아오는 집 앞에. 비닐.
　　　거둬가는 사람.
하우스.

언니, 웨하스 먹어. 강아지가 긁어.
문 닫자. 여기서 나간 후의 빛. 도착한 후의 빛. 다른 거리와
　　　건물의 것.
멀리 갔다가 오지 말자. 사람을 강아지처럼 따라다니지 마.

빛이 없어도 보이게 된 밤의 눈과
빛이 없어도 열리는 어둠의 옷가지들이.
잠 너머로부터 빠르게 깨어날 때의
눈앞 텅 빈 공기가.
공기 가르는 기척 없이 멀리서 그저 있는 작고 오래된 별들이.
따뜻하지 않아서 옳다고 느껴졌다 했지.
언니, 웨하스 먹어. 부서져서 잤어.

무표정한 얼굴로 동생이 운다.
여기서 나가는 거 나는 도무지 모르겠다고 엄마가 말하네.
　　　장화를 엄마가 신었네. 크고 흐물거리는 장화가
　　　널브러져 있었는데. 엄마가 장화를 신었네.

59

엄마가 전화를 먼저 끊지는 않고. 엄마, 나는 눈이 지워져가는
　　　　것 같아. 엄마는 전화를 끊지는 않고. 내가 귀가한다.
귀가한다. 목이 마르고.
내게 오늘 본 건 뭐냐고 엄마가 묻는데 엄마는 귀가 아픈데
왜 또 이어폰을 꽂고 설교를 듣고 있는지 애가 탄다.
목이 마르고.
엄마 무엇을 확인하고 싶어?

아픈 귀에
들리지 않는 한쪽 귀에
들리는 소리가
남아 있는 세계에
집 앞에
강아지가 계속 돌아다녀서 나만 보면
엄마 먹을 걸 달라고 하는데 그냥 웨하스 다 줘도 되나
나는 시도 쓰잖아. 엄마는 안 쓰고. 엄마가 안 울고. 저 강아지는
　　　　어디까지 혼자 갈 줄 알까. 안 울고. 안 짖고. 발견되지
　　　　않고.
찾지 못했다고 할게. 안 들리나 보다 할게.
발견되지 마. 먹자. 멀리 갔다가
엄마가 잠에서 안 깨고. 부서져서 자고.
엄마 무엇을 확인하고 있어?

엄마가 자꾸 귀가 아프다 하고.

괜찮아. 우리가 읽은 게 서로의 입술이 아니어도. 문 닫자. 엄마.

　　　　아직 안 끝났을 뿐이라서.

웨하스 다 부서져서. 털자. 우리가 들은 게 숨소리뿐이라서.

괜찮아. 잠도 다 깨버렸어.

겨울엔 비닐하우스 남은 철골 사이 먼

동생이 운다. 엄마가

부드럽게 빛나고 있었다.

언니.

먹어 언니 우리가 같이

남긴 웨하스.

겨울과 털 공과 길고 긴
배웅과

들려오는 성가(聖歌)가 있었다. 하나의 악기로만 반주 되는
마음이 깨끗한 발자국 같았다. 눈이 더 쌓이지 않아서 눈이 더
　　　오라고 빌었다.
노래가 향하는 곳이 정말로 하늘일 것 같아서
내가 있어도 그만 없어도 그만인 게 좋아서
그러면 언니나 선생님이나 애인을 찾지 않아도 되어서

　　　　　　　　　　　　★

또 겨울이야. 찾아갈 새 극장은 아직 문 닫지 않았어. 우린
　　　이미 닮은 얼굴이려나. 닫힌 노래. 반복되는 확인. 나는
　　　내가 눈에 파묻힌 적이 없단 것만 알았는데. 눈이 없는
　　　길에서는 언니를 매번 놓쳤더라.

혼자라는 걸 믿지 말라고도 하고
혼자라는 것만이 단 하나의 진실이라고도 해. 언니는 무엇을
　　　들었어? 바닥에서 천천히 숨을 내쉬고 들이마시는 게
　　　종교 비슷한 거라며.
우리는 같이 그걸 들었을까?

나는 저수지와 큰 풀과 강아지와 예배를
농담을

맞는 매와
아무도 한마디 간섭하지 않는 무방비한 호흡들을
기도의 이상한 응답들을
나누고 싶었는데.
껴안고 자고 싶었는데.

이상해지고 말았지? 나를 누군가에게 봐달라고 할 수가
　　　없어서. 그래도 같이 기억해주면 안 돼? 우리가 맞을
　　　때의 어둡거나 밝은 단 두 개의 명도라든가 차가운
　　　대리석 계단들
누가 살지 않는 교사(校舍)와 아이들을 부르는 어른들

＊

풀린 옷으로 만든 털 공이 아무 데로나 굴러가. 막연하고
　　　즐거운 기분도 흘려보내는 믿음 비슷한 거라며.
맞는 사람도 돌아서는 사람도 숨어서 우는 사람도 퍼부을 욕을
　　　알지 못해 안고 있던 접시들을 놔버리는 사람도
쓰러지고 사라지려는 언니도
내가 아직 다 듣지
못한 노래인 거야?

*

언니가 편안하기를 바란다는 말로부터 시작하면

내가 잃어버리기로 작정한 언니가

나의 침대로 돌아와 잠들어 있단 걸 알게 돼. 그러면 나는
     언니를

더 밝고 따뜻하게 껴안고 성가처럼 부르려고.

막연하고 즐겁게 같이 잃어버리자 말하며

한 번 더 데려다주려고.

봄 방학

침대 밑에 들어간 고양이는 한참을 나오지 않고. 옆집에서는
　　　방언 기도 소리가 들려. 나는 아직 네가 꾸는 잠에서
　　　나오지 못한 것 같아.

여기서 들여다보았어. 커다란 솥 같은 얼굴의 여자가 있었어.
　　　우편물이 놓이는 소리 없이. 국물이 졸아드는 냄새 아직
　　　없이.

자동차 시동이 꺼지고, 상점들이 닫히고.

내가 모르는 날개의.
솥을 휘젓는 여자들의.
긴 겨울, 눈이 내리고 녹아 발이 어는 광장의.
풀렸던 바닥이 다시 얼고
뜨거운 물에 담근 손을
들여다보는 초저녁의.

물을 틀어둔 채
고양이를 부르다가 만 채
전화기 놓은 곳을 떠올리려는 사이.

한번 다녀가세요. 이번 겨울에는 나의 도시에 한번 다녀가세요.

끓던 솥이 다 식고, 이제는 그 안에서 얼굴을 감싸
쥐고 숨은 작고 어린 나의 신. 이번 마지막 추위 때는
창문을 모두 닫게 될 테니까. 나 역시 영원한 우리의 잠
속에서 깨지 못할지 모르니까. 서로를 부르면서 얼굴을
닦아주고 이불을 덮어주지 못할지도 모르니까.

나보다 오래 산 사람들이 지하실에서 하얗게 움직임을
　　멈추었다는 생각.

옆집
방언이 오늘은 잘 들려오지 않고.

누굴 만나러 가셨나.
들으려던 말들은 모두 들으셨나.

내 방 전등 빛 명도가
조금 달라졌고.

　　　　　　　　＊

홍차와 과자를 샀네. 단 하나의 잔이 깨질까 봐
일곱 개의 잔도 샀네.

널어둔 이불을 걷고
신을 부르다가 거리를 보면 배가 고파지네.

나는 배우던 중이었지.
솥에서 나와서 솥을 들고 골목으로 나가
내리는 눈을 미래처럼 담아두는 방법을.
귀 기울여
7월의 아기 옹알이하는 소리에
집중하는 방법을.

서늘한 옷자락 무늬의 숨소리들 없이
잠이 드는 방법과
스스로 어둠을 간직한 빛이 된다거나
빛을 찾아 손가락을 움직이는 방법을.

멀리
난간 위의 아이들이
서로를 원망하는 마음 없이
고양이를 따라서 함께 뛰어내리고 있어.

부르지.
질문하는 방법을 잊었다가

입의 모양 대신
벌어진 살갗의 모양들을 보면서.
내가 갖고 태어난 게 날 선 칼이 아닌
부드러운 살이라며
감싸기도 하면서.

소리 없이 부르지.
부드러운 살갗의 무늬들로 부르지.
부르고 있는 나와
이제 막 발이 따뜻해지기 시작한
헝클어진 머리의

그저 얼굴을 덮고 있는 네가 있지.

작고 지저분하고
한때 내가 서랍에서 꺼내준 적 있는 살굿빛
잔 꽃무늬 원피스를 입은.

나와 어디든 같이 숨고
담장을 뛰어내릴 수 있는.

목요일의 우산이끼*

한동안 나는
발밑을 들추며 작은 돌을 줍는 아이였고
오늘은 비가 오지 않는다고 누군가 말했어
걸으며 한낮의 열기를 만지작거렸어

이 작은 돌멩이가 나를 주워 담는 동안
나는 여름내 안전한 잠을 잤어

이것은 내가 더듬을 수 있는 우리의 바닥
바람, 이끼, 자꾸 웅성이는 나무들의 움직임
나는 돌들을 하나씩 주머니에서 꺼내고
그것들을 물가에 놓아두었어

얼굴을 만드는 웃음을 본 것 같아서
부드럽게 열리는 물과 그 앞에서
서로를 쓰다듬는 사람 강아지 또 다른 오후들

이 잠을 간직하면 언제든 작고 단단한 웃음을
지을 수 있을 것 같아

한 번씩 씻기고

좀 더 맑게 아프다가 멀어지는
움직일 수 없는 하루

돌멩이가 있었어
비가 오고 여러 차례
이끼가 우리를 안았어

먼 곳에 놓이려고

이 노래를 새벽에 불러
우리가 떠올린 심장은 한때 푸른색이었어
밤새 꿈에서 질문을 찾지 못하고
잎 우거진 숲에서 빠져나오는 날들이네

한동안 마을에서
여자는 자신이 말하지 못한 게 무엇인지
깨닫지 못한 자신의 잘못이 또 무엇인지
찾느라 찻잔을 떨구고

엄마도 나도 시냇물을 건널 동안
질문하는 방법을 모르는 채 아프고
아픈 것도 모르고

떨군 자리에서 태어난 거군요
그게 비가 오는 날들에 우리가
동시에 분주한 이유군요
함께 빠져나갔다가 또 다시 안전한 곳을 찾아
뜨거운 국물이 있고
방석이 있는 곳을 찾아
걸었던 것이군요

나는 접시의 사금파리를 모으며
질문 없는 답변을 노래처럼 읊조리고

서로
무슨 이야기를 나누면 좋을지 몰라서
각자의 웃옷을 서로에게 둘러주고

들렸다 사라지는 목소리를 들었네
들렸다 사라지는 물소리와 풀벌레 우는 소리들이
있었네 적어둘 생각 못한 채

아침에 노래는 더 작게 바뀌고

바뀐 자리에서 무표정을 배우는 게
여러 표정을 짓는 것과 다르지 않게 느껴졌다

한동안 푸른색 심장을 지나가네

모르는 일들로부터

좋은 꿈을 꿨어
이걸 정확하게 말하는 법을 모르겠네

아침마다 아직 내가 가진 그림자가 뭉쳐진 채
내 살갗 밑 깊은 숲속에서 나오지 않으려고 해
그럼 난 아무 그림자라도 찾아서 내게 붙이고 외출하지

고마운 사람들은 내게 그림자를 빌려줘
가끔은 선물로도 그림자를 보내주곤 하더라

오늘은 한 시집에서 그림자를 얻었어*
그게 구명조끼로 느껴졌어 기뻤지 그렇게 살아 돌아왔는데

부레옥잠, 고양이, 고래와 송아지들
내가 자라며 살펴본 이끼들은
가만히 지켜봐야 소리를 들을 수 있고

자신의 목소리로 안전한 해안과 숲을 마련하는
슬프고 강한 사람들을 보는 요즘이야
그럼 내 숲의 초록빛도 한 번씩 밖으로 내비춰지고

아 참,

숲들이 겹쳐지는 자리에 호수가 있더라
같이 앉을 수 있을 때엔
몰랐던 요리를 만들어 먹자

용기를 낼 거야 겹쳐진 꿈은
선명해지기도 하니까

네가 어떻게 숨 쉬는지 들을 땐
적어도 함께 있거나
적어도 너의 숨의 모양을 조금은 더 깊이
알고 기억하는 중이겠지

3부

개관일

좁고 긴 옷*

멀지 않은 이의 부고를 들은 날입니다

어제는 낯선 학술대회에서 종일 작은 일을 맡았었죠
쉬운 일이었습니다
발표자의 명패를 바꾸고
물병을 올려두는

춥거나 너무 따뜻하고
때론 졸리거나 너무 번거로웠지만
2월이란
포스트 코로나란 이런 것인 듯했어요

반갑게
알고 지냈던 사람들과 복도에서 인사를 나누었습니다
마치 일요일 11시마다
어정쩡한 인사를 나누며 축복의 말을 건네거나
나이 든 내가
어린 나와 만나 그랬던 것처럼요

여기서 뭘 하고 있니 묻기도 하면서요

✳

나는 언니가 꼭 한 번쯤 정말로 있었으면 좋겠다고
간절히 바라던 아이였는데요
화를 내는 일이 잦은 사람으로 커버린 듯해요

이것은 좋은 일도 나쁜 일도 아니지만
도움이 되는 일이라 할 수도 있지 않겠나요

매번 그런 건 아니지만 나는 신에 대하여 말하기를
좋아하는 사람입니다
함께 지내는 고양이도
거리에서 곧 울 것 같은 낯빛이던 나의 옛 동료도
나는 좋아하곤 합니다

잘못한 일로만 된 빈 옷들이
잘못 없이 잃은 몸들을 찾아서
거리를 헤매는 밤입니다

옷들이 아름답습니다

남은 살이 있으면 울 수도 있습니까

옷을 걸쳐주나요

기타를 배우다가 그만두었습니다
아름다운 노래를 들려줄 데가 많은데
내가 나를 증명하지 않는 것이 노래에 가깝다고 해요
노래를 만들다 한 번씩 지치곤 하는
선배가 들려준 얘깁니다
그 이야기가 좋아서 자주 생각합니다
그 얘길 하는 선배의 표정도요

그러나 그의 노래는
선배 자신의 말과 빛이 나를 물들이곤 하던걸요

예언의 날들에
내게 기타를 팔았던 좋은 판매자에게
기타를 되돌려 선물하고
고양이의 잇몸 보조제를 사고
세미나에 갔어요
중단한 새 노래를 악기도 없는 채로 다시 만들고 들었지요

좋다고 말해줘서
그런 말들이 믿겨서

모두 되돌려
드리고 싶습니다

✳

부고를 받았어요
만나고 싶던 사람이었습니다
알록달록한 얼굴들이 비난받을 때마다
안아주었다 들었어요
변론을 마련하고
아주 오래전부터 먼
미래를 보여준 사람

전해들었거든요
우는 사람의 곁에
있는 사람이라 했거든요
정말 좋은 분이었다 들었어요

치우친 채 어렵게
마지막 날이 아닌 어느
순간에 적습니다
여기에 있었다고요

우는 귀를 가진 많은
증인들을 압니다

선반 달기

고양이 베냐민이
올라간 옷장 위에서 내려오지 않는다

나는 잿빛 고양이 베냐민의 시간이
어떻게 흐르는지 알기가 어렵다

내리는 눈을 신기해하는 기색 없이
그는 창밖을 보고 있다

여러 집을 거쳐 온 베냐민이
고양이의 언어도 인간의 언어도
쓰지 않고 있었다

*

나는 오늘 일을 하러 나가지 않았다
거리에 나가지 않았고 세미나를 가지 않았다

희끄무레한 낮이 지나가는 동안에
서로를 멀리서
의중을 알아보기 어려운 눈빛으로
이따금 찾아보며

그의 시간과 나의 시간이 겹치게 될지도 모르는
구간을 상상하며

안전한 장면을 간직하면 안전한 장소를
얻게 될지도 모른다고 생각했다

*

선반을 부착했다 썸네일이
이 영상은 너무 썸네일이 예쁘네

이웃집 부부의 다투는 소리라든가
오토바이 지나가는 소리도
그 어떤 웅성거리는 잠도 꿈도
섞이지 않은 채로
잠깐의

겨울이 이어지고 있었다

*

먹이를 씹어 삼킨 후에

내가 한 끼의 식사를 마치고
식탁을 떠났을 때

나의 간이 식탁과 플라스틱 의자가
덜컹거리다가 미세한 움직임이 멈추었고

내게 무슨
말을 했던 걸까

어느덧 고양이의 얼굴은 사람의 얼굴로 보이기도 하고
순간 나는 거울에 비친 내 모습을
확인하기도 하고

*

유튜브 영상에 광고가 흘렀다
흐르는 채로 두고 나는 국자를 움직였다

생선을 사지 않았는데
생선 냄새가 나고
양고기를 넣지 않았는데
양고기 맛이 나는

이상하고 맛 좋은 양배추 해장국에
밥을 말아 먹었다

먹어본 음식의 맛을
사람은 연상하게 된다고 한다

배달 음식 라이더들이 여러 대 골목을 오가고

*

타우린은 고양이에게 필요한
성분이라고 적혀 있는 포대
사료가 떨어져가고 있었다

시간이 부족한 것 같았고
남는 게 시간인 것 같았다
언제나 이상하고 때때로 안전하다

고양이 베냐민이 나를
움직이게 하고 있었다

포대를 기울이자

튕겨져 멀리로 날아가는 알갱이

*

핵발전소 이름에는 지역명을 쓰지 않는다
부정적인 이미지가 지역에 씌워지기 때문이다

이것을 소리 내어 읽고

고양이 베냐민은 타우린을 섭취하고
알갱이로 바뀌어 있는
참치와 닭과 곡물을 섭취하고

광고가 한 차례 바뀌어 나오고 있었다

베냐민은 어느새 냉장고 위로 올라가
나를 내려다보고 있었다

설거지하기를 마치고 또
설거지할 그릇을 모았다

*

고개를 돌린 그는
이름을 불러도 반응하지 않는다

그의 마음속에서 내가 어떻게 되살아날지
되살아나지 않을지
알기는 어렵다

골목에서 다른 아이들이 살아남아 운다

해가 지려는 움직임이 있었다
눈발이 굵어져 있었고

눈 덮인 언덕을 오르던 소년이 뒤를 돌아보고 있었다

불빛 빛나는 거리와 자동차, 옥상들에 쌓인 눈이
창밖을 보게 하고 있었다

우리를
시간을
잠시 모이게 했던

착각에 불과할지도 모를 이상한 단계들이
방안에 희끄무레하게
부착되어 있었다

곧 떠나게 될 빌라였다.

우리의 물이 우리를

천장에
물이

천장에 스몄다가
고이기 시작한
물이

떨어진다

바닥에

우리는
바닥에

구부러진 등의
우리가 바닥에

물처럼 마음대로 뻗지 못하고 바닥에
물처럼 둥글게 모여들지
못하고, 바닥에

떨어져

바닥에

팔을 뻗으면 우리조차
만져지지 않고
물이

천장에 스며든
구옥 바깥의 날씨가

웅성거림조차 없는
구옥 빌라의 외벽에

피 흐르는 고래와
더운 바람이 가득했고

죽은 교사들 소식이
여름을 채웠을 때

나는 빈소를 찾아가는
어린 학생처럼
무언가 다 알아버린 강아지의
앉아 있는 모양처럼

적응하기 어려운 날씨 틈틈이
밤과
우는 사람들의 거리
연인들이 사랑을 다시 확인하고
강아지와 노인이 기꺼이 서로에게
반려자가 되기로
마음먹는 틈틈이

아이가 자신의 말을 하고
혼자 점심을 먹지 않고
사자도 기린도 자신만의
영원을 빼앗기지 않는

농부가
수확할 곡식을
한 톨도 잃지 않는

내게 모습을 흘리고도 완전할
너의 거리 틈틈이

물이
차오르고 있었다

꼭

해야만 할 말이 물 위에

떠다니고 있었다

명의변경

얼음 쩍쩍
갈라지는
소리가 났고

여러 명의 언니들과
참가하지 못한 피켓 시위들과
결석이 더 잦았던 중국어 수업과

굴뚝과 청소부와
두 새

멀리
얼음이 얼고
모조리 깨지기를 반복하는 겨울

내리는 눈을 맞아보지 못한 채

한강이 얼고 또 녹는 그 모든 일에
참여하지 못한 채

버스를 타며 졸고
걸려오는 연락을 받고

고양이 밥에 새로운 밥을 겨우 부어두고
밤에는 비어 있는 화분을 또 치우지 못한 채

천사를 만나기 어려웠다
겨우내

이름을 부르면
어린 공무원이 무서운 얼굴로 운다

플래카드 무더기로 붙은 길목
횡단보도
펄럭이고 있었고 더 강하게
펄럭이고 있었고

찢어진 곳들은
찢어지고 있었고
찢어지다 멈춘 곳은
찢어지다 멈춘 대로

골목에 고여 든 바람만이
여기서 모든 것을 움직이게 하는
전부처럼 보였다

얼굴에 덮쳐 오는 찬바람에 순간
창을 닫으려 하는데

바뀌는 날씨들을 시시각각 느낄 줄 아는
이들이 속속
죽어가고 있었다

곡괭이를 든 내가

다시 가까스로 얼기 시작한
얼음을 깨부수고 있었다

얼굴을
창밖에 들이밀고

깨진 얼굴을
당신의 얼굴에 들이밀고

연회가 펼쳐지는 당신의
얼굴 속에 들이밀고

개인지 토끼인지

당신이
사랑하던 우리인지
분간이 안 되는 사체들을

녹아버릴 동토에
매장하고 있었다

얼음 쩍쩍
갈라지는
소리가 들리고 있었다

창문을 열다가

도망치는 데에도 용기가
필요하다고 네가 말해준다.

빛이 새어온다.
나는 창문이 있는 이 방이 방답다고 생각하다가
화들짝 놀란다.

나갈 곳 없어서 스스로 창문이 되어
깨져버리는 사람들이
아이들을 뒤에 두고 울기도 하니까.

시를 잃어버린 것 같아.

나는 안전하게 울고 싶다.
마음이 허옇게 타버린 채
잎을 뜯어 겨우 싸우는 아이들을 떠올렸고
손님을 겨우내 기다리는 상인들을 떠올렸다.
하염없이 느리게 떠도는 나를 떠올렸다.

네가 안아주고 싶어하던 동생들과
떠나고 싶어하던 가족들을 떠올렸고.
크레인도 아닌 전신주 위에 올라가

겨울 추위를 다 겪는
여자를 떠올렸다.
그렇게밖에 외칠 방법을 찾지 못했다고 했다.

누구도 안아주지 않으면
너는 네가 스스로를 안을 것이라고
그러면 된다고 말한 적 있지.
살고 싶다는 말이었어.

메우려는 구멍의
직경이 더 넓어진다.

많아진다.

네가 많아진다.
많은 네 틈에서 나를 발견할 수도 있을 것 같아.

그러다 점점 더 뒤로 물러가게 되더라.
뒷걸음질 치다가 어두운 숲이란 걸 알게 되더라.

＊

종종 모르는 사람들이
모르는 말을 알기 위해 기도를 하고 숲을 찾아.
소의 말을 짐작하기 위해 소가 사는 마을을 찾듯이.

마을 초입에선
시를 잃고 퀭해진 눈의 사람을 만났어.
몇 마디 주고받고 식사를 함께할 때
그는 내게 식사 기도를 청했어.

말 없는 식사 끝에 울다 웃곤
내가 먹은 빵이
그가 가져온 마지막 빵이리라는 걸
그가 가고 나서 깨달아.

긴 여름이 다가올 거란 걸
긴 비 오는 어느 겨울날
알고 또
시를 잃을 걸 내다봐.
누구도 다시 찾지 않을까 봐
의자가 썩어 폭삭 삭아 사라져 버릴까 봐

무엇이라도 하려다가

사람들 집을 두드리고 다녔네.
간밤의 그게 정말 내가 맞았을까.

그래도 자고 일어나면 아직 시간이 흘러.
일거릴 다시 찾고

고양이가 다가오면 다시 쓰다듬어.
서로를 미워하라고 속삭이는 말들이
살에 박혀서
서로에게 다가가기는 어려운 날들에

상한 물을 벌컥이며 들이켜다
토해내는 사람들.

전쟁 소식에
머나먼 여기에선 사람들이 거리에 모이고
외교부를 향해 서서
같은 노래를 새롭게 부르다가 흩어져.

노래를 부르는 사람들을 헐뜯는 사람들도 흩어지고

자신의 살갗이 감추고 있는 게
휘두를 수도 있는 뼈라서
칼이 되는 말이라서

피곤한 잠에서 걸어 나와 마음을 여미지.
여미고 열어.

당신에게로 기울어져.

당신에게 안길 틈이
지금의 나는 있어.

영원과 하루

추운 여름이야
모든 게 방언이라 생각하니
나의 떨리는 말들도 상관없게 느껴져

방언, 무감각, 섞이지 않는 뜻과
폭우가 섞여 오는 몸

계속 말을 하려고 해
우리가 찾으려던 침묵 역시 말을 하고 있다고 느꼈거든
신혼처럼 느리고 짧게 흐르고 있거든

구름은 짙고 어두워
잘 보이지 않지만
쏟아낼 게 많아 보여

머물 곳 없는 사람이
긴긴 이동을 해 온 사람에게
자신의 슬픔으로 빌린
집으로 가자고 말하려 하는데

공항은 이제 새롭고 시린
슬픔의 임시 집이 됐지

어디로 보낼 셈인가
어디로도 향하지 못할 신원인가

＊

매일 공사가 끊이지 않는다는 게 전혀
낯설 일 없는 도시에서

플래카드 가득한 도로 위
옥상의 텃밭을 올려다본다

난간 위의 꽃
꽃*
건너 내가 자고 먹는
곳에서

스스로를 멀리서
지켜보다가

＊

없는 것보다 있는 게 나아서

그게 다여서

우산을 붙잡고 걸었어
꽉 짜지 않아도 물이 줄줄 흐를 옷을 입은 채로
버스가 오기를 기다리고 있었어
내 일이라 믿은 것을 붙잡고 있었어

★

어떤 바닷조개들은
껍데기를 벌린 채 빗물을 맞고 죽고**

누군가는 떠밀려서 계류가 돼
보호라는 이름으로

일어나 비틀거리는 걸 봤어
알아들으려 하지 않는 불투명한 연기 같은 것만 봤어

이유 없는
날씨가 없다는 걸 알게 되니
내게
새로운 미움이 생겨나더라

제때 죽겠다는 다짐도 필요했어

이유 없는 임시가
있다는 걸 알게 되니
나의 국경 안이 당신의 국경 밖이더라

내게 주소가 여러 개이거나 아주 없는 것도
언젠가 더는 문제 될 게 없겠지

이사 온 골목에선 휠체어를 아직까지
본 적이 없고

빗소리와 섞여서
차들이 물을 가르며 지나가고 있었어

상괭

수북이 쌓인 소금도 비가 오면 창고로 들어가고.
작은 사람도 들어가고.

이제 해변엔 밤마다 형체가 허물어진 검푸른 몸들이 즐비해.
　　다 큰 사람 크기의 미끈하고 묵직한 것. 한밤 내
　　서성이면 도망쳐 나온 곳으로 되돌려 보내려는 선원과
　　마주치기도 해. 거기서 볼 수 있는 게 오래전 친구거나
　　먼저 여길 떴던 언니들이려나. 언니의 아이들이려나.
　　밥때를 같이 보낸 고양이 삼촌들이거나 전쟁 때 숨진
　　머나먼 친척 할머니들이려나.

육지에선 수중에서 쓸 수 있는 폐를 조립하는 엔지니어가
　　유행해. 바다에서 할 수 있는 일들이란 서로의
　　지느러미를 더듬는 것뿐일 텐데. 우리는 다시 기이한
　　진화를 하려나. 어둠에 익숙해진 채 움푹한 눈의 흔적만
　　가지려나. 사람 크기의 묵직한 형체가 다시 해변에
　　쓸려 오고. 이번 아이들은 입이 닳아 있네.

날이 밝자 처리를 위해서 공무원들이 다가온다. 어떻게 더
　　도망칠 곳을 찾아줄지 집으로 돌아온 동생들은 고민에
　　빠져 있어. 물의 근처에만 가도 이번엔 먼 뭍의 사람들이
　　피폭되곤 한다지만. 소년들은 발찌를 착용한 도요새가

돌아오지 않았단 걸 여름내 지켜보던 연안에서 알게
되고. 두려운 마음으로 사랑하고 나서야 학자들은 더는
자신들을 비웃지 않는 채로 어리숙해지는 법을 알았지.

방산

어떤 삼촌들은 안개를 많이 가졌다. 나이가 계속 들고. 어떤
　　직원들은 안개가 다 걷히도록 손님을 기다리고. 밥을
　　먹고. 때로는 화장을 고친다. 어떤 아가씨는 다른
　　아가씨를 데리고 구도시에 남았다. 옛 애인 중 하나는
　　귀농을 했다. 호박이 물에 잠겼다. 그녀들의 이웃집에
　　사람이 산다. 살지 않는다. 귀신이 산다. 귀신도 살지
　　않는다. 잡으러 온다. 잡히지 않는다. 나의 오랜 농부
　　아버지는 누운 풀 옆에 엎드린다. 농약을 마신 이의
　　농가에서 아이들이 자란다. 화재가. 산불이. 잿더미
　　사이의 새싹과 살아남는 다람쥐를 예비하지 못하는
　　긴 봄밤이. 눈앞에서 지나간다. 여자애는 멀리 떠나지
　　못한 채 오늘 밤 다른 도시에서 발견되는 자신을 보러
　　간다. 도망갔거나 잡혀간 강아지를 찾아간다. 철거된
　　옛 영업장을 찾아간다. 휠체어 끌고 다른 언어를 쓰는
　　여인은 난 곳으로 못 가서 이방의 귀신이 되었다.
　　떠돌았다. 그러다 보이지 않으면 돌아간 것이라고 풍등
　　하나 조심히 비밀스레 날린다. 느린 사람들이 해변까지
　　못 가고 카메라에 찍혔다.

다른 해변으로 가기 위해 보트를 만드는
농지의 사람들을

비웃는 관람객 따위가 겁나지 않는다.

편안한 안개 속에서는
서로를 끌어안았다.

개관일

나의 즐거운 마음도
나의 외로운 마음도

함께 화를 냈던 동료도

지금은 잠시 나는 다행히 아무것도 아니게
된 것 같기도 한데요.

외로움이 변하면 무엇이 되는지
나는 나를 지킬 수 있는지
부정확한 문장도 정확한 문장도
답처럼 보였다가
뒤로 물러가고

커다란 환기팬이 천천히 돌고 있는
화랑 유원지 미술관 1층
대기 공간

밖 길게 호수를 따라서 조성된 산책 길

손을 닦고

생각나는 사람들의 이름을 떠올립니다.
그래도
아무래도 여기에선 너무 어렵다고

유원지에는
완성 없는 얼굴에 시시각각 너무 빠르게 다다르는
사람들의 이름이
있고

사라질 수 없는 것이 있다고 적다가

봄이라 볕을 따라 이곳에 들른
가족과 친구들이
강아지와 연인들이 많아요.

금요일이고요.

잠시
시간의 손이 나의 옷깃을
여며주었다는 생각을 합니다.

그래도

기도하는 사람이 되어야겠다고
다시 생각하는 다섯 시인데요.

한동안 내 친구로부터는
답장이 잘 오지 않아요.
연락을 내가 잘
안 하는 거였나 돌아도 보고요.

아주 큰 일이
커다란 일이
촘촘한
볕인데

웃음 짓는 친절한 얼굴 앞에서는
나도 안심하게 되곤 하고
돌아보면 그래서 더 어려워지기도 하는데요.

돌아갈 곳을 잠시 만들어주는
저녁 같은 웃음이라고

좋다고

익숙해지지 않는

봄을 자주 보내고 있습니다.

멀다

물과 수풀이 있고

크고 작은
숨죽인 움직임이 있다

먼 여름의 곤충들이
새로 깨어난 도시에서
나무를 잘 찾는지

그대가 나타나는 잠들이
모두 기록되고 있는지

무엇이든 해야만 했다고
누군가 말하는 꿈에서

나는 많은 것을 모르는 채 눈을
뜨고
감고

긴 잠 속에서 보곤 한다

잠의 저 멀리 작고 일그러진 얼굴을

숨어 있던 숨의 모양을
그러다 선명해지는 입매와
빠르고 느리게 멀어지는
한낮 빗소리를

엷다
우겨넣어두기만 해서
펼치면 하늘쯤은 가뿐히 채우는
여름이 아직 있고

출발한 곳을 기억한다는 것이
처음의 자리로 반드시 돌아가게 하는 것은
아닐지도 모르지만

상한 열매의 아직 상하지 않은 한쪽을 도려 먹고
바닥에 물이 찼다 빠진 흔적을 닦으면서

나는 그대에게
멀리 자꾸 움직이는
길고 무거운 잠에게

높은 침대를 낮춰주고

밥을 푸고
밤새 닫아둔
고양이들의 문을 열어주고

어디로도 안 간다고
어디에서도 잠은 슬펐다고

다시 바닥과

먼 곳에서부터 들려오는
자동차들 소리

잃은 우리들과
자주 찾아오는
같은 새

검고 따뜻하다
부리가 다 쓸려 있다

4부

사슴뿔 청각

일요일

구름이 있는 광장에
모여서 우리는

계속해서 물어요
앞으로 우리는 어떻게 되는 거냐고요
비가 오면 노아의 방주를 떠올릴 수도 있겠지요

우리는 이곳에 마스크를 쓰고 모였어요
완전한 얼굴을 마주하지 못한 채로
눈을 보고 있다고 위로도 해보지만

우리는 말없이도 서로를
다치게 하는 것이 가능한
사람들입니다

우린 다 달라요 각자의 날 선 마음을
휘두를 수도 있고요
한 자리에 모여서
무거운 비구름 앞에서
산이 불타고요

죽이고 잡아먹고요

우리의 이웃이 움직이지 못할 동안
가닿지 못한 채로

값싼 식사를 하고
아프고 힘든 소식으로만 서로의 안부를
확인하는 시절에

어둑해 도로를 확인하기조차 어렵기도 합니다

바닥을 향해 시선을 내리거나
어둑한 하늘을 향해 올려다보면서
어디를 향해 사죄할지 찾아보려는 동안

울고 싶은데 울 수 없을 것 같아요*

확인해야 하니까
우리가 있는 곳이 어디인지
서로에게 말해주며
안부를 끊임없이 물어야 할 테니까
여기선 서로를 구하지 못하고 우는 일을
애통이라고
슬프고 아픈 일이라고 말합니다

* 　박소란 시인의 시 「울고 싶은 마음」에서 변형하여 옮김.

이상한 여름

비가 올 때
하늘을 올려다보았어.

갈라진 심장에 떨어지는 게
소금물이 아니란 사실에 겨우 안도하는

그깟 이상한 여름의 마음으로.

허적허적 걷는 사람은 농가에서 울고. 아직 남은 유곽에서
　　거울을 보다 울어. 이전에 어촌이었던 이제는 매립된
　　이상한 땅에서 울어. 부서지다 만 벽을 다 부수기 위해서
　　빈집을 찾아다니네. 해안의 풀을 보기 위해 장화를
　　신고서 염습지를 다니네. 축사에 갇힌 채 나오지 못하네.

나의 이야기가 있어. 습기 찬 바닥에서
방문을 열고 나올 힘 없이
이제 어떻게 해야 하나 잠 못 든 채 생각했던.

차오르는 물을 보며
일정한 간격으로 떨어지는 천장의 물소리를 들으며 생각했던.

살아서 내일을 맞이할 수 있는 건지.

내일이란 얼마나 뚫려 있는 시간인지.
단단히 막혀버린 건지.

폭우 쏟아지기 직전이라는 것을 알고도 산 밑에 있었느냐 말에
여기가 사람이 죽은 곳이냐는 말에
적의와 살의를 동시에 느꼈지.

발전소는 내가 태어난 해보다 더 전에 세워진 후
아직도 나이를 먹고 있어.

이 농도에서는 자본의 의미가 달라지고.

누군가는 미움으로 가득 찬 바닥에 구두 굽을 내려쳐. 미워하다
    죽지 않으려고 있는 힘껏 내려쳐. 일하다 죽지 않으려고
    잠을 몰아내며 의젓하게 바빠져. 끼니를 거른 채 바빠져.
    피켓을 든 기다란 행렬 속 아이들이 오래 쌓여 온
    투쟁문을 더는 따라 읽어내지 못하고 즐겁지 못하고

나는 직장을 한 번 더 그만두고
여름이 다 가기 전 사료 값을 벌기 위해 다시 찾기 시작해.

미움을 뒤로하고.

미안함을 뒤로하고.

나의 옷은 더럽고 나는 슬프며
홀가분하고 아파.

푸른곰자리

연대라는 말의 뜻을 배웠을 때

고작 그런 이유냐는 말을 동시에 들었다
고작 그런 이유냐고 법에 따르라고

손해 볼 짓도, 요란한 유난도 말고
가만히 있으라고 하라면 하라고

조소와 비아냥이 들렸다

바위가 굴러오고 쏟아지는 상상을 했다
이를테면 백 명의 용역 앞에 선 두 사람의 얼굴을

벌려진 하루를 아물리려는
꿈자리가 사납다

폭우 쏟아지는 저녁 모두 자신의 자리로 돌아가고
오래 지속된 여기에서 시간이
지워져버리는 꿈

퇴근길과 닮은 것은 크고 무자비한 건물주가 아닌데
커다란 홀을 가진 호프집에 앉을 때

내 몫의 삶이 갈려 녹아 있는데

간이 테이블이 기울며 놓인
서늘한 밤들
많은 목소리

뭐라는 건지
대체 뭐라고 말하며 웃고 울고 있는 건지
서로의 목소리가 들리지 않는다

과적한 배

아찔하고 환한 밤들이 폭죽처럼 터지고
피켓을 들다가 돌아가는 새벽

푸른 곰*을 떠올리고 또 다른 털빛의 곰들을 떠올리고
곰들의 여러 표정과 남은 피켓들과
500ml 맥주잔이 뒤집혀 놓여 있을
주방의 건조대를 떠올렸다

서로를 알아챈 이들이
채워지고 비워진 밤들에

몸들을 기대놓고
말리고 있었다

행 사 장*

맑은 날이었다
닭과 소와 돼지가 차례로 앓거나
물에 잠겨 죽거나
한꺼번에 묻히거나
차례로 옮겨가 식탁에 오르는 날들이 이어지고 있었다
뭍에서 가까운 얕은 바다에선
조개들이 살 속까지 벌린 채 죽고
해안의 사람들은
이주를 결심하고 있었다

정말 맑은 날이었다
수많은 사람이 모여 하늘을 바라보고 있었다**
정말 많은 사람들은 어디선가 즐거움을 찾아서
가족의 손을 잡고서
피크닉을 나와 있었다

에어쇼가 시작되자
사람들이, 정말 많은 사람들이
환호하기 시작했다

전투기가 그리는 정교한
문양을 보면서

어디선가 터트려진 잿빛의 모의 화약탄 속에서
아이도
아이의 손을 잡은 사람도
줄을 서서 무기들을 구경하려는 사람들도
술과 고기를 먹으며 축제를 즐기는 사람들도
풀밭 위의 연인들도
서로가 서로를 서서히
죽이면서

맑은 날들이 극도로 오랫동안 지속되고 있었다
극도의 맑은 날들 속엔
극도로 오래 내리는 기이한 비도
극도로 차가운 여름과 극도로 날카로운 가을과
덜컹거리는 뼈들을 둘 곳 없이 거리에 널브러진
옷들의 겨울이

굶주린 사람들과 굶주린 사람의 아기들이
또 굶주린 개들과 사냥법을 채 바꾸지 못한 극지의 곰들이
또 시들어버린 풀들이
또 고인 물에 갇힌 채 말라가는 패각들이
새로 생겨나고 있었다

학교에서는 나무 같은 엔지니어가 되거나
은사시나무 반짝이는 잎들로 가득찬 교실 속
수학자가 되려는 아이들에게
여러 계절 왔다가 되돌아 이동하는 도요새와 물살이를
그리려는 아이에게
사람의 얼굴과
빛과 물방울과 공기의 움직임을 연주하려는 아이들에게

병역을 거부하는 평범한 삶을 가르치지 않았다
우리를 지킨다는 이유로 아이들은 자라서
군장을 메고 탄창을 장전하는
방법을 배우고
이미 눈에 보이지 않게 된 자본의 세계에서
손에 피 묻히지 않고도 끊임없이 죽이는
자신만이 살고, 또 자멸로 이어지는
투명한 폭력을 배운다

맑은 날
무기거래율이 치솟고
내가 태어나고 자란 나라에서 계약된 무기가
내가 가본 적 없는 나라의 본 적 없는 아이들을
손에 쥔 것 없는 사람들을 한꺼번에

쓰러뜨리는

지금의 안온함을 평화라고 말할 수 없고
어디선가 오래된 발전소가
날아가도 모든 걸 불태워도 이상할 리가 없는

한낮에

지금의 빛은 빛이 아니다
지금의 아름다움이 더는 우리를 위로하지 않는다
지금의 행사장에서 아픈 사람들은
이 아픔을 지우지 않은 채로
하늘을 올려다보곤 할 것이다

날씨는 이제 모든 연결된
아픔을 증언하는 목소리이며
지금까지의 모든 길거리는 숨이 다 떠나가지 못한
몸과 옷가지들의 거리이며

기억하고 전하는 바람과
외치고 쓰며 속삭이는 입술들과
상처를 들여다보며 숲으로 들어가 눈을 감는

누군가를 죽인 적 있는 사람들의
누군가를 사랑하는 사람들의
누군가의 사랑을 필요로 하는 사람들의
구멍 뚫린 마음이다

*   이 시는 2024년 3월 2일 서울 한화빌딩 앞에서 진행된, '멸종반란한국과
    함께하는 "전쟁은 끝난다 우리가 ○○○ 한다면" 오픈마이크 액션'에서
    낭송되었다.

** 2023 서울 국제 항공우주 및 방위산업 전시회(ADEX 2023)에서.

임무

형광등을 켜둔 채 잠이 들었다. 무겁고 무거운 꿈을 꾸었다.
할아버지를 구하지 못했고

몸집이 작았던 친구에게는 내게 맞지 않는 옷을 포장해
　　　선물로 주었다.
나의 마음에는 드는데
내가 입으면

죄고 마는 옷이었다. 나는 웃으며 친구의 책상으로 다가간다.

수업을 들었으므로, 우리는 날아서 통로를 통과하는
시험을 쳐야 했다.

내가 잠시 새처럼 날개를 이용하여 그 통로의 밖에 다다랐으나
통로 안으로 떨어져 되돌아왔다.

나는 저 밖에 보이는 하늘을 확인했다는 것을
기록지 앞에서 진술했다.

우리는 모두 통로 밖에서 만나자고, 어떻게 통과하는지
　　　알게 된 사람은
그것을 서로에게

반드시 말해주자고

서로의 책상으로 다가가 웃으면서 말해준다.
누군가 반장이 아닌데 반장처럼 굴었다.
누군가가 반장으로서 반장답게 말하다가 점점 울상이 되었다.

미닫이문이 닫혔다. 미닫이문 너머에서 일어나는 일을
당분간 알지 못하고

영원히 알지 못하겠지.

나는 임무를 맡았다. 내 동료와는 손발이 맞지 않아서
연기력 부족을 탓하며
반장의 얼굴을 보았다. 반장이 미닫이를 열고 나가고 있었다.

약속했던 대로 나의 할아버지가 식당에 등장하셨는데
나는 할아버지가,
드셔서는 안 되는 괴이한 음식물을 드시는 것을
먼 테이블 구석에서
지켜보고 있을 수밖에 없었다. 임무 중이었기 때문이다.

한동안 나는 임무를 잊어버리고 내버려두었다.

쓰면서 많은 것을 잃어버렸고 나이가 들고 있고
식탁에 앉으면 구미가 당긴다.

구토할 때까지

임무 생각하지 않는 임무를
종일 생각하게 된다.

확성 빛 겨울

얼음이 놓여 있었다 안에 갇힌 커다란 날개를 목격자들은
　　　정확히 말하지 못했다*
그건 사람이라고도 사람이 아니라고도 말할 수 있었고

의견이 분분했고 누군가는 그게 천사라고
멸종한 대형 조류라고
조악하게 제작한 무대 의상이라고도 했고

지난 낮 내가 본 건 날개 안쪽에 감춰진 우는 얼굴이었다
그도 뉴스 소리가 들렸을까? 또는 지나가는 소년들의 무심하고
　　　가벼운 폭로의 말들이?

나는 거리 한복판에 놓인 그 얼음을 들여다보기 위해
　　　제1광장을 너머 제2광장을 너머 멀리 걸어갔다

폭우 다음의 볕이 있는 날이었고
이어지는 날씨들이 차이를 보이다가
한동안 도시에는 같은 시간대가 지속된다

드물게 얼음이 조금도 작아지지 않았고
요 며칠은 꿈속의 깊은 꿈에서 그런 장면들을 보느라
하룻밤 새에도 몇 번씩 뒤척였다

폭우, 볕, 지금은 자욱한 안개

멀리서 우는 소리가 울려 왔다 그게
내내 울리던 곡소리라 생각됐다 연속되는 광장과 잿빛 하늘
제자리로 돌아오는 메아리

많은 목소리가 한꺼번에 울리면 그건 누군가 자유로워진다는
        신호일까
풀려서 올라갈까

*

들어본 적 없는
여러 겹의 노래였어

말한 적 있었나? 난 아이를 원하고 또 원하고 낳을 자신이
        없다고
그렇다고 나무나 천사를 낳아볼 셈도 아니지만

내가 본 광장들은 어떻게 설명해야 할까 날개 속 일그러진
        얼굴을 바라보며 함께 일그러지던 당신
그 일그러짐이 무엇이었다고 알아차려야 할까

아기의 얼굴도 노인의 얼굴도 모두 가진 나였을까

돌이 계절들을 삼키고 뜻을 알기 어려운 노래가 이어진다

*

잠들지 않고 맞이하는
미래의 어느 밤

얼음을 치운 게 정말 목소리들이었을까 당신은 그것마저
　　　목격자가 되어버린 것 같아 믿기 어려운 이상한
　　　몸짓으로
이것을 더는 설명할 길이 없이
겨울

모두가 문을 닫는 어느
한파

아리고 깨어질 것 같다
녹일 수 있는 것이 정말 목소리들이라면
얼기 전 광장들을 넘어서 나의 아이였을지도 모를 당신을
　　　찾으러 다닐 때 나는

외쳤어야 맞아

외쳤어야 맞아

지금 아프다고 우리 함께 울고 웃고

무슨 이상한 계절을 불러오게 되더라도

외쳤어야 맞아

*   Shiho Sugiura, 『얼음 요괴 이야기』에서 얼음 이미지를 차용함.

살아 있기*

도망치지 않으려고 노력했어.
이건 마지막에 할 고백으로 남겨둬야겠지.

공이 저 멀리 굴러가버리곤 할 때
찾으러 다녀오느라고 풀숲과 마른 언덕에서
자주 살갗이 베이고 무릎에서 피가 났어.

나는 이제 아무 때나 너를 부르고
네게 공을 맡기곤 해. 알아. 공은 언제나
내 어깨 위에서 아슬아슬했다는 거.

이걸
떨어뜨리지 않고 실선 밖으로 나가지도 않고
오후 내내 버티고 있는 건 어려워.

가끔은 그걸 해냈다고 즐거워하거나
그걸 떨어뜨리곤 찾아오지도 못하고서
손을 털어내고 집으로 천천히 돌아가.
그럴 때 한 번씩 내가 공을 정말 잃었구나 하면서.

자고 일어나면, 맞아, 어떤 모르는 여자들이
밥을 하고, 나를 부르고, 저마다 바쁘거나

기도를 하다 울기도 해.
이와 같은 아침의 광경을 나는
네게도 보여주고 싶었나 봐.

착한 손을 기억하는 게 지금이라서 다행이야.
당길 때의 감촉과 무게로만 여름을 기억하게 되겠지만.

자주 떠나갔다가 내가 모르는 곳에서 나를 기다리는
또 나를 기다리지 않고 노는
네가 불러줄 동그란
노래를 만들어 적어둘게.

던지면 가끔 자잘하게 내리는 눈처럼
많이 웃고
많이 시간을 따라가고 있어.

사슴뿔 청각

날이 맑네. 파도가 치고.
찾기로 상상한 게 옛 보물인 적 있었지. 떠돌까. 세상의 나무들
　　　건축물들 쥐와 새들의 몸에 있는 보이지 않는 귀들. 배와
　　　선착장. 모텔과 개척교회. 다락의 작은 눈들.
눅눅한 오래된 이부자리 같은
흐릿한 오줌 냄새.

이 공기엔 뭉쳐 있는 물이 되지 못한 소금기가 많아.

아이들이 바람개비를 만들어 불고
그것을 손에 쥔 채 해안을 따라 달려.
젖은 모래 속으로 여러 개의 작은 발이 스스로 지저분해지면서
　　　첨벙거리며 뛰어가. 밀려오는 바다생물의 사체를
　　　발견하면 잠깐 눈을 감고 쪼그려 앉았다가
또다시 첨벙거려.

일부러 더 큰 소리를 만들고 말겠다는 듯
영원히 큰 소리를 기억하겠다는 듯
첨벙거려.

＊

물론 그래.
물결처럼.

소리의 희고 둥근
서늘한 하늘 공원처럼.

어릴 적 봤던 사진 속 웃는 돌고래는 아직 살아 헤엄칠까. 물결.
　　애초의 물결에 다른 물결이 더해지고 섞인다. 하나의
　　물결이 되었다가.

건져낼 유리병을 찾아서 이웃집 노인은 밤마다 해변을 떠돌아.
전할 편지를 찾으러, 잃은 적 없는데도 항구를 떠돌아. 거긴
　　열리지 않더구나.
이미 다 열려 있더구나. 활짝 다 열려서
막혀버렸더구나.

순간 내가 본 흐릿한 게
물에 걸려 있는 뿔 같은 거더라.
자라다 말고 색이 변하고 있는
해조류 같은 거더라.

엉킨 물을 풀어내지 못하고 노인이 울더라.

길게 웅성이는 소리를 옷처럼 받아 입고. 계속 움직이는 이
                밤에
나의 것이 아니라고 착각하게 되고 마는
두 손을, 여러 개의 손을 들여다본다.

조금 변한 것일 뿐일까. 낮과 밤.
시간의 구별이란 게 자멸을 방지하는 유일한 형식이라는 듯
미친 듯이 반복되는 물의 광장.

잠잠했고, 또 파도가 쳐.
잠잠해 보였고, 계속 물결이 있어.
새로운 무늬라고 매번 말하고. 그럴 때마다 너는 아이처럼
                첨벙거리며 뛰어가. 어딘가 숨었다가 다시 나타날
                거라면서.
눈에 보이는 걸 송출해야 한다면서. 집에서. 거리에서. 광장과
                시장에서. 비닐과 화분들에서. 고양이들을 따라서.
                만지는, 만져지는 따뜻한 옷들을 찾아서. 스스로
                움직이는 널따란 힌트들을 숨겨놓을 거라면서.

빛이나 지느러미. 모래. 치아. 떠돌이 개. 멀리서 가까이로

지는 해.

따라가 놓였다가 별수 없이 되돌아와 잠을 자고 깨는 날들.

재활용 쓰레기를 분류하고 담 밑에 가지런히 내다 놓는
날들.

서로를 안심하고 재워주는
집으로 돌아가는
다급하고 단순한 날들을 기록해.
살아.
두렵고.
더 자주 멀리서 문들을 살펴봐.
너무 멀리서 헤맨 날이면
자다 깨어나 안을 것을 찾아서
내가 얻어 온 모든 체온이 도는 몸을
천천히 뻗어봐.

*

뻗어봐.

웅성임도 잦아지고 같은 숲이 여러 차례 해일에 덮였다가
고요해지곤 하는

아주 오랜 시간 후에

살아 움직이는 우리가 서로를 알아채며
가지처럼 빛처럼 단단하고 부드럽게
안아주고 있었어.

파도보다 오래
더 오래
다시
모르는 아픈 물결까지
붙잡아주고 있었어.

안다고, 안다고
붙잡아주고 있었어.

산문
느린 판단

늘 그런 건 아니지만, 나는 판단과 결정이 느린 편이다.
어제는 삼척으로 향하던 길에, 고속도로에서 차를 돌려
중간에 되돌아오고 말았다. 목적지인 삼척 맹방해변까지의
거리는 400km가 넘었다. 운전할 일이 내키지 않았다가 결국
대중교통편이 마땅치 않아 차를 끌고 나선 참이었다. 이미 몇
개의 도시를 지나고 나서야 후회되기 시작했다. 장거리 운전은
무리였다. 혹 무사히 목적지에 도착한다고 해도 일정을 마친 후
하루 안에 되돌아올 엄두가 나지 않았다.

　　　결국 나는 휴게소에 들러 차를 멈춰 세웠다. 그리곤
삼척에 미리 가 있는 친구 형욱에게 연락했다. 이번엔 나는
함께하지 못하겠어. 나는 미안하다고, 모임 잘 하고 무사히
돌아가라고 말했다. 마음이 편친 않았지만 내가 가지 않더라도
형욱은 모임을 잘 진행할 테니까. 기후 활동가인 형욱과는 2년
전 참여했던 제주도 평화순례에서 10여 년 만에 다시 보게 된
터였다. 친구 중 기후 활동을 하는 이가 있다는 것으로부터 나는
큰 안정감을 얻곤 한다. 다니던 대학도 달랐고, 가까운 거리에
있는 친구는 아니었더라도, 우리는 기독교의 사회 참여를
진지하게 고민하는 것을 한 축으로 20대 초반을 보냈다는
점에서 공통점이 있었다.

　　　삼척화력발전소가 있는 그곳에서 형욱을 비롯해 몇
명의 예배자들을 만나기로 한 터였다. 생태학살 현장으로서의

맹방해변에서 예배를 드리기로 한 것이었다. 많은 이들이
반대했고 청원했는데 결국 상업 운전 가동을 시작하고 만
석탄화력발전소를 눈으로 보고, 해변에서 사람들과 그에 대한
마음을 나누는 것, 그리고 공동의 기도를, 대화하는 기도를
돌아가며 하는 것이 첫 예배의 주요 순서였다.

†

기후교회. 친구와 함께 기후교회를 기획했다. 이 글의 초안을
쓴 지 약 두 달이 지난 지금 다시 생각해보니, 이토록 종교색이
짙은 산문을 시집에 수록해도 되는 건지 싶다. 더구나 마주해야
할 일들이 산적해가는, 급변하는 기후 상황 앞에서 말이 앞서
있는 이 글을 남기는 게 부끄럽다는 생각에 산문을 빼야 할지
갈팡질팡했다. 뭐라도 해야 한다는 것에 반응하고 있음에도
정작 할 수 있는 일이 많지만은 않은 와중에, 소진된 동료들을
멀리서 살피며 겨우 안부를 확인하곤 한다. 친구와 나는 이
시점에 기후교회를 조심스레 기획했고 실행에 옮겨봤다.
　　　　나는 기독교를 대표하는 사람이 아니다. 농촌 지역에서
자라나면서 교회 공간에서 보냈던 어릴 적의 일상이 내게
영향을 미쳤다. 나는 논밭이 있고 들판이 있는 마을 한곳에
자리 잡은, 매주 일요일 오전 예배 시간을 알리는 종소리가
울리는 교회에서 자랐다. 시간이 흐르는 동안 나의 엄마나 이웃
여성들이 예배당에서 울며 기도하던 모습들을 지켜봤고, 사모님
목사님 부부가 다른 지역으로 떠나는 것을 지켜봤으며, 더는
교회에 다니지 않아도 어색하지 않은 청소년기를 맞이했다.
20대 때 서울로 상경하면서 다시 교회를 제 발로 찾아갔다.
나는 회의감과 신앙심의 경계에 있었지만 신을 자주 찾았다.

기독교 공동체 안에서 많은 보호를 받았고, 인문학적인 배움을 얻어갔다. 교회의 가부장적이고 보수적인 목소리로부터 방황하면서 예배할 곳을 옮겨 다녔다. 그 사이 좋은 선배들을 얻었고, 연인과의 시간을 보냈으며, 그를 떠나보냈고, 공동체를 다시 한 번 떠났다.

때때로 자문한다. 내가 교회에 잘 속할 수 있는 사람이었다면 지금과 다른 삶을 살았을까. 잘 모르겠다. 이전에는 생각지 못한 다른 고민을 이 기후 속에서 해보게 되었다는 걸 한 번씩 떠올린다. 빈 마음 쪽으로 천천히 되돌아온다. 크게 달라진 게 없기도 하다.

기독교는 지금까지 기후위기와 생태계의 파괴, 자본주의의 팽창에 지대한 역할을 했다. "생육하고 번성하여 땅에 충만하여라. 땅을 정복하여라."(창세기 1:28) 문화명령이라고 불리는 이 성서 속의 문장은 그동안 제국주의 국가들이 식민지와 비인간동물을 착취하는 것을 정당화하는 근거로 잘못 활용됐다. 제국주의 시대가 끝났음에도, 북반구와 남반구로 대표되는 물질적으로 부유한 나라와 그렇지 않은 나라 간 불평등은 지금까지 이어져 오고 있다. 지금은 부유한 나라가 그렇지 않은 나라에 탄소 배출을 전가하는 시대다. 또 탄소 배출의 역사적 누적량에 있어 책임이 없는 나라임에도 기후재난에 처하게 되는 일이 일상적으로 일어난다.

정상성과 순수성을 강조하면서 타자 혐오를 조장하거나, 죄책감을 부각하는 방식의 가르침도 적지 않았다. 인간과 비인간동물의 위계를 나누는 일도 서양의 철학과 기독교 전통에서는 당연했다. 이런 말들을 쓰는 마음이 아려 온다.

나는 부끄러움과 슬픔을 느낀다. 이 글을 쓰려 했던 목적의 부근에 거의 다다랐음에도 헤매게 된다. 나의 몸에

스며든 종교에 대해, 여기에서 내가 사죄하는 것이 옳은
일인지 자문도 하게 된다. 한편 모든 기독교인을 일반화하는
오류를 범하고 있는 셈이기도 하다. 그러나 적합하지 않더라도
계속 부끄러움을 느끼면서 헤매는 말이나마 시도해야 하지
않을까. 취약한 이들과 이웃을 돌보라는 메시지(신명기
10:17-19) 쪽으로 몸을 돌리겠다고 써야 하지 않을까. 깊은
안타까움과 미안함을 전할 수 없을 때, 내가 아는 슬픔을
기억해야 하지 않을까. 내가 어떤 연결 속에 있는지 위치를
파악하며 시간 안에서 계속 살아봐야 하지 않을까.

✝

그게 다일지도 모르겠다. 돌봄을 받아 온 일과 배운 것을
떠올리며 동료들과의 관계 속에서 새롭게 마음을 먹는 것이
어렵지만은 않다. 버거웠던 순간들에 외부로부터의 기적들이
나를 살렸다는 걸 느낀다. 소소한 즐거움도, 긴박한 상황 속
연대감도 소중하게 경험할 수 있었다. 이미 시(詩)이면서
성서의 메시지가 말하는 바와도 닮아 있는 삶을 살고 있는
이들을 떠올린다. 같이 물가에 앉아 좋은 볕을 쬐고 싶다.
　　　개신교에서는 성직자가 아니더라도, 그 어떤
사람이라도 주체성을 가지고 예배를 주도할 수 있다.
기후교회. 기획에 참여하고도 낯선 명명이다. 당분간은 이
실체 없는, 모였다 흩어지는 기후교회의 일원일 것이다. 이
기후를 떠나지 않는 한 말이다. 이 기후를 떠날 수 없다. 점차
상황이 나빠지겠지만, 기후는 내게 사랑하는 방식을 알려준다.
나는 이 기후 속에서 자고 일어나 쓰고 산다. 살아 친구들을
본다.

✝

혼자 돌아오면서, 생일을 맞은 이의 하루 속 순간들을 상상했다. 희읍. 늦었지만 생일 다시 한 번 축하해요. 당신은 2024년의 생일을 빛나는 시간으로 기억하게 되려나요? 아플까요? 당신이 기쁘면 나도 기쁩니다. 당신이 자주 기뻤으면 해요. 그곳에 없던 나도 잊지 말아주세요.

기댄다. 숨을 쉬는 것도, 써서 멀리멀리 글을 내보내는 것도. 내게도 기대라고 말하고 싶은데 자신이 부족하다. 시집을 기다려준 가족들에게 마치 상심이 없었던 사람처럼 기쁘게 시집을 가져갈 것이다. 고양이와 친구들에게도.

읽어주셔서 고마워요.
같이 투쟁해요.

『영혼을 찾아다니다가』,
『목요일의 우산이끼』,
『살아 있기』에 대한 부기

이 시집에 수록된 세 편의 작품 「영혼을 찾아다니다가」,
「목요일의 우산이끼」, 「살아 있기」는 CJ올리브네트웍스가
실험적으로 개발한 Poem Generator를 활용한 AI 협업
시집인 『9+i』(블루버튼, 2022) 프로젝트에 참여하면서
창작했다. 「영혼을 찾아다니다가」는 키워드 '음악'을, 「목요일의
우산이끼」는 키워드 '과일'을 입력한 결과로부터 재창작했다.
「살아 있기」는 로그 기록을 담당자에게 요청해 받아서 살폈으나,
최초 입력 키워드가 무엇이었는지 추적해내지 못했다.
　　효율성이 주요한 가치일 AI를 창작의 영역에
도입한다는 것이, 자본주의적 시간 추출 방식을 도입하는
것과 같다고 생각되어 이 작업을 지지하지 않는다. 한편
CJ올리브네트웍스에서의 기획에서 좋았던 점을 남기고 싶다.
AI만을 부각하지 않고 시인과 AI의 협업임을 강조하여 그
관계성과 과정적 측면을 노출했다는 점, 기획과 개발에 참여한
현실의 직원들을 AI의 뒤로 감추지 않고 그들의 후기를 시집에
기입해 두고 있다는 점, 시인과 개발하는 측 간의 상호 이해를
위한 소통에 주최 측이 주의를 기울였다는 점 등, AI와의 협업을
통한 시 창작 자체보다도 사람이 기입된 자리를 들여다보는
것이 내 경우 흥미로웠다. 담당자였던 채혁기 님을 떠올린다.
　　한편 Poem Generator와는 무관하나 최근 들었던
소식인, AI 기술이 군사적 목적인 자율무기체계로 사용되면서

무차별적인 팔레스타인 학살에 사용된다는 점, AI를 가동하는 데에 배출되는 탄소량과 사용되는 에너지양이 막대하다는 점 등 AI를 사용하는 참담한 방식들에 지지를 보낼 수 없는 마음을 더불어 남긴다.

빠마 시인선 01

유리 광장에서

초판 2쇄 펴낸 날
2025년 2월 10일

펴낸이
희음

지은이
윤은성

편집
희음

디자인
유연주

펴낸 곳
도서출판 빠마

출판등록
제2018-000057호

전자우편
ssgene00@daum.net

ISBN 979-11-965811-2-1 (03810)

이 책은 서울특별시, 서울문화재단
'2024년 창작집 발간지원 사업'의 지원을
받아 발간되었습니다.